AHORA.

NO ES NECESARIO QUE ME DEIS LAS GRACIAS.

ME ALEGRA ENCONTRARME CON GENTE NORMAL.

AUNQUE YO TAMBIÉN TENGO ALGO DE «BICHO RARO».

TODOS OCULTAMOS UN LADO OSCURO.

YA ME ENTENDÉIS...

HACE AÑOS, CUANDO MI CARA ESTABA CUBIERTA DE ACNÉ Y NO ESTABA TAN DE BUEN VER COMO AHORA, ME OCURRIÓ ALGO.

ERA UNA NOCHE DE VERANO, PERO NO SE VEÍAN LAS ESTRELLAS, OSCURAS NUBES PRESAGIABAN TORMENTA.

Y LA HUBO, PERO NO CAYÓ UNA GOTA. FUE UNA TORMENTA ELÉCTRICA Y TUVE LA MALA SUERTE DE QUE UNO DE LOS RAYOS FUE A PARAR JUSTO SOBRE MÍ.

PERO SOBREVIVÍ. ALGUNOS LO TACHARON DE MILAGROSO, OTROS NI SE LO LLEGARON A CREER.

Y DESDE AQUEL DÍA SOLO TENÍA QUE CONTAR ESA HISTORIA PARA TIRARME A CUALQUIER CHICA QUE ME APETECIESE.

MINUTOS ANTES.

¿ME OYES, AURE?

¡TIENES QUE LEVANTARTE!

¡NO, POR FAVOR! ¡NO ME OBLIGUÉIS A DISPARAR!

¡IONE! TÚ NO...

¿DÓNDE ESTÁS?

¿SOLO SIRVES PARA EMPUJARME O VAS A AYUDARME?

¡HAZ ALGO DE UNA PUTA VEZ!

¿QUÉ?

IONE... LO SIENTO...

LO SIENTO MUCHO.

MATEO... HA SIDO UN ACCIDENTE, ESE TÍO, RAYO, SOLO QUERÍA AYUDAR.

¿Y CÓMO LO SABES? PARECE QUE SE DIVIERTE DISPARANDO A CUALQUIER COSA QUE SE MUEVA.

BUENO, A NOSOTROS AÚN NO NOS HA DISPARADO, ESO ES BUENA SEÑAL.

¡EH! ¡MIRAD!

¿QUÉ QUIERES?

¡LOS ZOMBIS!

¡SE MUEVEN TODOS HACIA LA MISMA DIRECCIÓN!

¡VAN HACIA EL BRILLO!

¿BRILLO? ¿QUÉ BRILLO?

¡TENEMOS QUE SEGUIRLOS!

YO NO TENGO OTRA COSA QUE HACER, ASÍ QUE...

NI HABLAR, NO PUEDO DEJAR AHÍ A IONE.

OYE, ESTE TÍO TIENE COCHE Y AHORA MISMO NO NOS IRÍA MAL ALGO DE AYUDA, NO SABEMOS CON QUÉ OTRAS COSAS RARAS PODEMOS ENCONTRARNOS.

CREO QUE POR AQUÍ TENGO ALGO QUE PUEDE AYUDARTE...

TOMA, CUBRE A TU AMIGA CON ESTO SI ESO TE HACE SENTIR MEJOR.

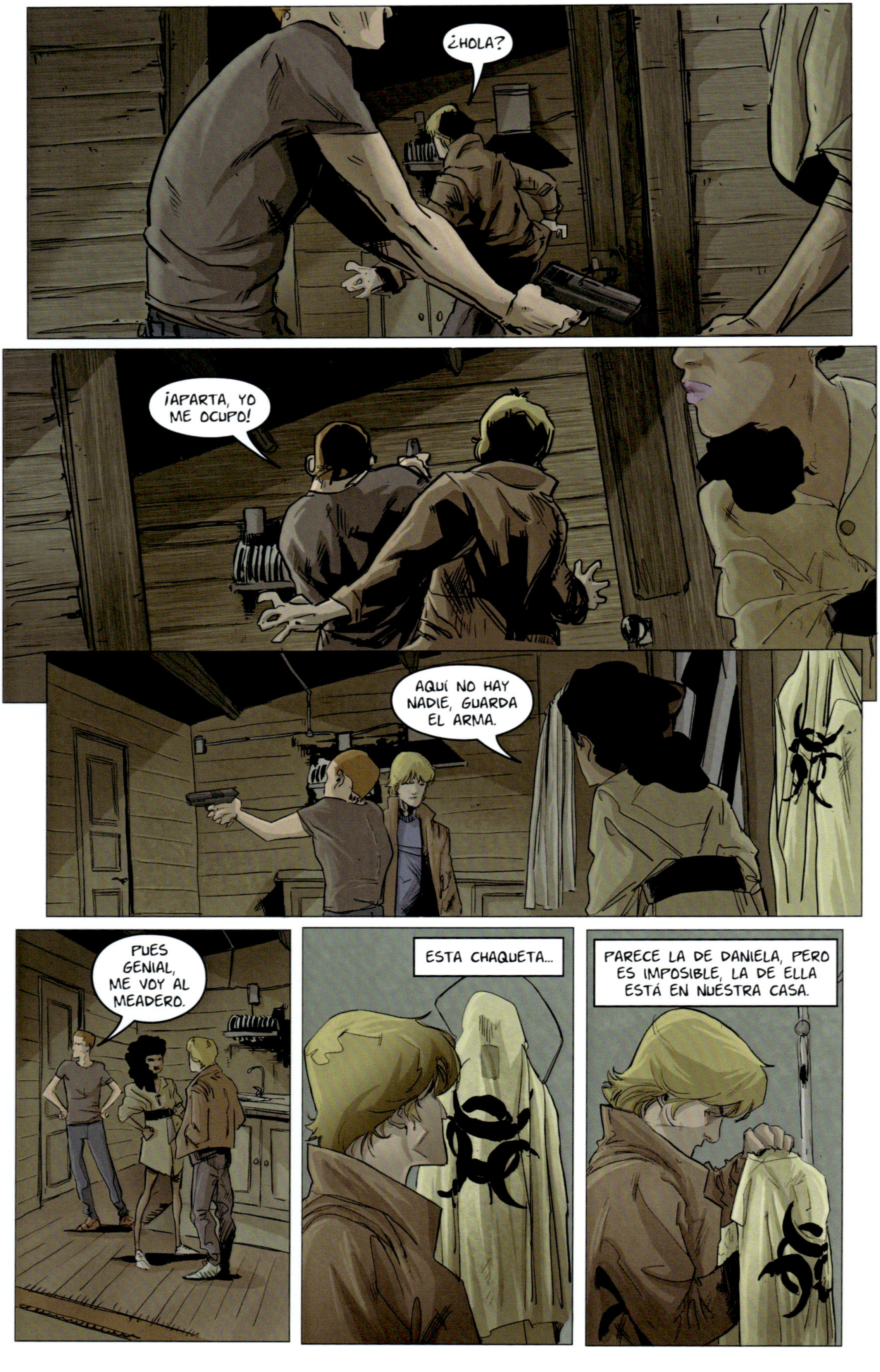

¿HOLA?

¡APARTA, YO ME OCUPO!

AQUÍ NO HAY NADIE, GUARDA EL ARMA.

PUES GENIAL, ME VOY AL MEADERO.

ESTA CHAQUETA...

PARECE LA DE DANIELA, PERO ES IMPOSIBLE, LA DE ELLA ESTÁ EN NUESTRA CASA.

ENTONCES DEBEMOS CRUZARLA, PERO NECESITAREMOS UN PLAN PORQUE NO CREO QUE ESOS GUARDIAS SEAN MUY AMISTOSOS.

NO HE QUERIDO DECIRLO ANTES, EN LA CASA, PERO ME HE QUEDADO SIN BALAS. LA VERDAD ES QUE ME HE SENTIDO ALIVIADO DE QUE NO HUBIESE NINGUNA AMENAZA ALLÍ, PERO LA SITUACIÓN HA CAMBIADO...

GENIAL. PUES LA MÍA NO ES MUY DE FIAR, DEPENDE DE SI «LE APETECE» DISPARAR O NO...

¡AAAA!

¿AURE?

PERO, ¿A DÓNDE VAS?

¡INTRUSA!

¡MALDITO SEAS!

¿TENÍAS QUE EMPUJARME JUSTO AHORA?

¡PUEDO DECIDIR POR MÍ MISMA!

¡EH! ¡NO!

¡NO SOY UNA AMENAZA!

¡NEUTRALIZAR AMENAZA!

BRRROOUMMM

¡GRAAH!

¿HAS SIDO TÚ?

SÍ... NO SÉ CÓMO, PERO DE PRONTO MIS MANOS SE ILUMINARON Y LE LANCÉ A ESA CRIATURA UN...

¿RAYO?

ES POSIBLE QUE TRAS ESA PUERTA ESTÉ LA EXPLICACIÓN A TODA ESTA LOCURA QUE ESTAMOS VIVIENDO...

PUES ENTONCES...

... VAMOS A COMPROBARLO.

CONTINUARÁ...